Die kleine rote Heidi
Ein Märchen

Paul Julius Elitoreck

Die kleine rote Heidi

Ein Märchen

Bibliografische Information der Deutschen Nationalbibliothek
Die Deutsche Nationalbibliothek verzeichnet diese Publikation in der Deutschen Nationalbibliografie; detaillierte bibliografische Daten sind im Internet über http://dnb.d-nb.de abrufbar.

ISBN: 978-3-8192-9796-0

Verlag: BoD · Books on Demand GmbH,
Überseering 33, 22297 Hamburg,
bod@bod.de
Druck: Libri Plureos GmbH,
Friedensallee 273, 22763 Hamburg

Einleitung

Dieses Märchen ist keines, das man abends vorliest, um besser zu schlafen. Es ist vielmehr ein Abstieg – ein Versuch, sich durch Schichten zu graben, die nicht nur aus Erde bestehen. Die kleine rote Frau, die hier im Mittelpunkt steht, gräbt nicht nur in den Boden, sondern in sich selbst, in Ideen, in Weltsichten, die verlockend einfach und deshalb gefährlich sein können.
Ich wollte eine Geschichte schreiben, die nicht belehrt, sondern beunruhigt. Die nicht erklärt, sondern zeigt. In einer Welt, in der viele mit Überzeugungen sprechen, als seien sie unumstößlich, wollte ich eine Figur schaffen, die sich verliert, weil sie nicht mehr loslassen kann. Weil sie sich selbst zur Wahrheit macht.
Dass dabei eine politische Haltung im Hintergrund stand, mag man spüren. Aber sie ist nicht Thema. Sie ist Ursprung – nicht Ziel. Was zählt, ist der Weg durch die Tiefe.
– Paul Julius Elitoreck

Kapitel 1 – Der erste Stich

Es hatte in der Nacht geregnet, und der Garten war weich wie frisch gebackenes Brot. Der Boden sog jeden Schritt in sich auf, als hätte er lange auf etwas gewartet. Vielleicht war es genau so.

Sie stand früh auf an diesem Morgen. Niemand hatte sie geweckt. Kein Schulwecker, keine Stimme aus dem Wohnzimmer. Nur dieses leise Ziehen im Bauch. Ein Gefühl, das weder Hunger war noch Angst, sondern etwas Drittes – ein Drang, der in ihrer Brust wuchs wie eine Pflanze ohne Licht.

Ihre Schaufel lehnte, wie immer, an der Garagenwand. Rot. Der Lack war an der Kante abgesplittert, aber sie mochte sie trotzdem. Sie hatte sie vor drei Jahren zu Weihnachten bekommen, zusammen mit einem winzigen Eimer, der längst verloren gegangen war. Die Schaufel hatte sie behalten. Alles andere war unwichtig.

Sie nahm sie, ohne nachzudenken. Ohne sich anzuziehen, ohne zu frühstücken. Sie trat hinaus in den Nebel, der sich wie ein vergessenes Laken über den Garten gelegt hatte, und ging an die Stelle, wo das Gras etwas dünner wuchs. Da war nichts Besonderes. Kein Zeichen. Kein Stein, keine Erinnerung. Nur ein Fleck Erde, ein kleines Rechteck Dunkelheit mitten im Grün.

Sie hob die Schaufel.

Und stach zu.

Der erste Schlag war weich. Der Boden gab leicht nach, wie Haut. Ein dumpfes Geräusch. Die Schaufel drang ein, etwa zehn Zentimeter, und

als sie sie wieder herauszog, klebte feuchter, schwarzer Lehm daran. Sie roch daran, fast unwillkürlich – es roch nach Eisen, nach Regen, nach etwas Altem.
Sie lächelte.
Noch einmal.
Und noch einmal.

Nach einer Stunde war das Loch fast knietief. Ihre Hände zitterten, ihre Haare klebten ihr im Gesicht, und das Hemd, das sie über ihrem Nachthemd trug, war durchgeschwitzt. Aber sie hörte nicht auf. Etwas in ihr wurde leiser, je tiefer sie grub – als würde jede Schaufel Erde, die sie aus dem Loch warf, etwas aus ihrem Innern mitnehmen, das zu schwer war, um es weiterzutragen.
Sie dachte nicht an die Schule. Sie dachte nicht an ihre Mutter, nicht an das Frühstück, nicht an den Tag.
Sie dachte nur an das nächste Stück Erde.
Der Griff der Schaufel war rissig. Einmal glitt er ihr fast aus der Hand, aber sie packte fester zu. Ihre Finger waren blutig an den Knöcheln, aber das war egal. Schmerzen waren oberflächlich. Sie war längst tiefer als das.
Dann fand sie den ersten Regenwurm.
Er wand sich auf dem Boden der Grube, dick und glänzend, halb in der Erde vergraben. Sie starrte ihn an, als hätte sie ein Wesen aus einer anderen Welt entdeckt. Er war nicht eklig. Nicht für sie.
Sie hockte sich hin, fuhr mit einem schmutzigen Finger über seinen Körper.
„Du warst vor mir hier", flüsterte sie. „Aber ich gehe weiter."

Sie ließ ihn in Ruhe. Sie tötete nichts. Noch nicht.

Der Mittag kam, aber der Himmel blieb grau. Ihre Mutter rief zweimal nach ihr. Dann schwieg sie. Vielleicht glaubte sie, das Kind sei unterwegs. Vielleicht hatte sie sich daran gewöhnt, dass ihre Tochter manchmal verschwand – nicht weit, aber tief. Immer tief.
Sie aß nichts. Trank nichts. Nur der Nebel, der sich am Rand der Grube gesammelt hatte, löste sich in kleinen Tropfen auf und rann an ihren Lippen entlang, wenn sie sich bückte. Sie spürte den Geschmack von Erde auf ihrer Zunge. Es war kein Geschmack, den sie kannte – metallisch, kalt, aber irgendwie ehrlich.
Einmal – am Nachmittag, vielleicht – stieß sie auf etwas Hartes. Ihre Schaufel kratzte daran, und ein metallisches *Klick* hallte zwischen den Grubenwänden wider. Sie beugte sich vor, legte die Finger an die Stelle.
Ein rostiger Löffel. Alt, verbogen. Vielleicht aus der Zeit ihrer Großeltern. Vielleicht älter. Sie hielt ihn eine Weile fest. Sah das Grün des Oxids, das sich über das Metall gelegt hatte wie ein leiser Schimmel der Zeit.
Dann legte sie ihn zur Seite.
Sie wollte ihn nicht behalten.
Sie suchte nicht.
Sie grub.

Es wurde Abend, als die Kälte kam. Nicht der Kälte wegen – sondern wegen der Dunkelheit, die von unten kam. Das war das Seltsame. Der Himmel war noch hell, aber im Loch war es

dunkel. Als wäre dort unten bereits eine andere Zeit angebrochen.
Sie hatte nicht bemerkt, wie tief sie war. Erst als sie versuchte, sich umzudrehen und nach oben zu blicken, sah sie: Der Rand lag weit über ihr. Zu weit, um ihn mit den Händen zu erreichen.
Und dann geschah etwas Merkwürdiges. Etwas, das sie sich später nicht mehr erklären konnte.
Sie lächelte.
Sie hätte Angst haben können. Sie hätte weinen oder schreien sollen. Aber da war nur dieses Gefühl – als wäre das, was sie tat, nicht falsch. Nicht gefährlich. Sondern richtig. Notwendig.
Sie setzte sich auf den Boden, atmete tief ein und ließ sich langsam zurücksinken. Ihre Haare klebten an den Wangen. Der Atem bildete kleine Wölkchen in der Kälte der Grube. Über ihr das Rechteck des Himmels.
Sie schloss die Augen.
„Wenn ich grabe, lebe ich", flüsterte sie.
Und dann schlief sie ein.

Der Traum war dunkel. Kein Bild, kein Ton. Nur Erde. Sie fühlte sie, nicht unter sich, sondern um sich. Eine Haut aus Millionen Jahren. Schicht auf Schicht. Knochen, Kies, Ton, Asche. Sie war darin. Sie war Teil davon.
Als sie aufwachte, war es Nacht. Der Himmel zeigte sich nur als fahles Grau. Sterne gab es nicht. Vielleicht hatte die Erde sie ausgesperrt.
Sie kroch weiter.
Nicht mit der Schaufel jetzt. Mit den Händen. Kratzte, schob, riss. Ihre Nägel waren schwarz, der

Dreck klebte an den Zähnen. Aber sie fühlte sich leicht. Wie nie zuvor.
Sie grub bis zum Morgengrauen.
Dann kam das Licht – von oben, ja. Aber auch von unten. Ein Leuchten, schwach, rötlich. Nicht warm, nicht kalt. Ein Schimmer aus einer anderen Richtung.
Sie wusste nicht, was es war.
Aber sie wusste, dass sie ihm folgen würde.
Und irgendwo, tief in ihrem Innern, wuchs ein Gedanke:
Nur wer seine eigene Erde durchforscht, kann das Ganze verstehen.
Sie flüsterte es nicht. Sie schrieb es auch nicht auf. Aber sie trug es von da an in sich – wie ein Samen, der im Dunkeln keimt.
Und sie wusste, ohne es zu benennen:
Dies war nur der Anfang.

Kapitel 2 – Die Stimme der Erde

Es gibt Orte, an denen die Stille nicht leer ist. Sie flackert. Sie lebt. Sie hat eine Haut, durch die man atmen kann. Und wenn man tief genug gräbt, beginnt sie mit einem zu sprechen.

Sie hatte in der Nacht kaum geschlafen. Nicht, weil die Kälte zu stark war oder der Boden zu hart – sondern weil etwas in der Erde vibrierte. Ein leises, stetiges Zittern, das nicht vom Regen kam und nicht von einem Zug. Es war in ihr, wie ein zweiter Herzschlag.

Als sie die Augen öffnete, war es noch dämmerig. Der Himmel hatte sich in ein stumpfes Blaugrau verwandelt. Der Rand des Lochs war kaum mehr zu erkennen. Er wirkte nicht wie oben. Er wirkte wie eine Erinnerung.

Sie wischte sich Erde aus dem Gesicht, spuckte einen Klumpen Wurzelgeflecht aus und begann weiterzugraben. Mit bloßen Händen.

Die rote Schaufel war verschwunden. Vielleicht hatte sie sie in der Nacht zur Seite gelegt. Vielleicht hatte die Erde sie genommen. Aber sie vermisste sie nicht. Ihre Finger waren besser. Sie spürte jede Veränderung im Boden, jede Schicht, jeden Kiesel, jedes Zittern.

Einmal stieß sie auf etwas Weiches. Ein Käfer, groß wie ihr Daumen, mit einem dunklen Panzer. Er bewegte sich nicht, aber er lebte. Sie hob ihn auf, betrachtete ihn. In seinem Panzer spiegelte sich das schwache Licht. Dann setzte sie ihn an die Wand der Grube. Er blieb dort, krabbelte nicht davon.

Sie fragte sich, ob er ebenfalls graben wollte.

Der Boden veränderte sich. War er zunächst noch nass und schwer gewesen, wurde er nun krümeliger. Trockener. Aber zugleich ... durchdrungen. Es war, als sei hier einmal etwas gewesen. Kein Tier. Kein Mensch. Etwas anderes. Etwas, das dachte. Vielleicht Erde, die sich erinnerte.
Als sie tiefer kam, bemerkte sie die Muster. Linien, kaum sichtbar. Als hätte jemand mit einem Finger über die Wände der Grube gestrichen, Worte geschrieben und sie dann mit einer zweiten Schicht Erde überzogen. Ihre Finger folgten einer dieser Linien, und plötzlich war da ein Gedanke in ihr. Kein Wort, kein Bild. Nur ein Drang:
"Weiter."
Sie nickte.

In der dritten Schicht fand sie ein Nest. Oder das, was einmal eines gewesen sein musste. Verfilzte Wurzeln, ineinander verschlungen, mit winzigen Knochen dazwischen. Mäuse vielleicht. Oder Vögel. Alles war trocken. Tot. Aber sie spürte einen Hauch von Wärme, als sie die Hand hineinlegte.
"Ich werde nicht sterben", sagte sie. Nicht trotzig. Nicht ängstlich. Nur sachlich.
Sie war sich sicher. Der Tod war oben.
Hier unten wuchs sie.

Der Hunger kam am Nachmittag. Nicht als Schmerz. Eher als Erinnerung. Ihr Magen grummelte leise, und sie erinnerte sich an Brot. An

Butter. An die Hand ihrer Mutter, die ihr einmal einen Apfel geschält hatte.
Sie biss in einen Brocken Erde. Kaute. Es war nicht gut. Es war nicht schlecht. Es war da.
Dann fand sie einen Pilz. Blass, fast durchsichtig, wuchs er aus einer Spalte der Wand. Sie zögerte kurz, riss ihn dann ab und aß ihn. Der Geschmack war bitter. Sie schluckte ihn trotzdem.
Ihre Augen wurden schwer. Die Erde begann zu leuchten. Nur schwach. In den Ritzen. Wie Adern. Sie hatte das Gefühl, dass sie in einen Traum glitt. Aber sie war wach.

Sie sah die Erde atmen.
Es war kein Traum. Davon war sie überzeugt. Die Wände der Grube pulsierten. Leise, im Rhythmus ihres Herzens. Sie legte die Stirn an das Gestein, schloss die Augen. Ein Flüstern. Kein Wort. Kein Satz. Aber eine Stimme.
"Du kommst tiefer."
Sie antwortete nicht. Sie fragte nicht. Sie nahm es hin.

Die Zeit veränderte sich. Stunden wurden zu Augenblicken, Minuten zu Ewigkeiten. Sie wusste nicht, ob es Tag war oder Nacht. Sie grub. Immer tiefer. Und die Erde sprach in Mustern, in Gerüchen, in Hitze.
Sie fand eine Schuppe. Keine Tierhaut, sondern etwas Fremdes. Eine Art Mineral, dünn wie Papier, durchsichtig, aber fest. Als sie sie an die Stirn hielt, brannte sie.
Sie lachte. Lautlos. Es war ein gutes Zeichen.

In der Nacht hatte sie eine Vision. Keine Geschichte, kein Bild. Nur einen Geschmack. Eisen. Und dann die Ahnung eines Herzens. Nicht ihres. Ein anderes. Groß. Glühend. Ganz tief unten.
Sie wachte auf und weinte. Nicht aus Angst. Nicht aus Trauer. Sondern weil sie wusste: Sie würde es sehen.
Früher oder später.
Aber erst, wenn sie die Stimme verstand.
Und dazu musste sie weitergraben.

Der Morgen kam nicht. Nur eine Helligkeit, die anders war. Bläulich, fremd, als wäre sie unter Wasser. Die Luft schmeckte salzig. Fern von allem, was sie kannte.
Sie kauerte sich in eine Ecke, trank Tropfen von den Wurzeln, aß einen Wurm. Sie hatte gelernt, zu überleben. Ohne Frage. Ohne Ziel.
Dann kam der Klang.
Ein Brummen. Erst leise, dann tiefer, dann fast schön. Es war kein Maschinengeräusch. Es war lebendig. Wie ein Atem. Die Erde sprach. Und sie hörte.
Sie hörte, was unter ihr lag.
Und sie wusste: Der Weg war noch lang.

Als der Morgen kam, fand sie einen zweiten Pilz. Größer. Dunkler. Er leuchtete leicht. Sie aß ihn ohne Zögern.
Der Boden unter ihr war nicht mehr Erde. Er war Erinnerung.
Und sie war bereit, sie zu durchqueren.

Kapitel 3 – Abschied vom Himmel

Sie erinnerte sich nicht mehr daran, wann sie zuletzt nach oben gesehen hatte.
Vielleicht war es am zweiten oder dritten Tag gewesen. Damals, als der Himmel noch eine Bedeutung hatte. Blau, manchmal grau, manchmal voller Vögel. Jetzt war da nichts mehr. Kein Licht. Keine Richtung. Nur das dumpfe Bewusstsein, dass es „oben" gab – und dass es nichts mehr mit ihr zu tun hatte.
Sie war Teil des Bodens geworden. Kein Fremdkörper. Keine Besucherin. Sie war Erde. Haut, die langsam brüchig wurde. Fingernägel, die wie Steinsplitter aus dem Fleisch ragten. Haare, die sich mit feuchten Fasern verflochten hatten und an den Wänden klebten wie Wurzelwerk.
Sie lebte noch. Ja. Aber auf eine Weise, die man von oben nicht mehr verstehen würde.

Sie grub sich weiter. Nicht mehr nach unten – nicht ausschließlich. Manchmal seitwärts, manchmal schräg. Sie folgte Linien, die sie spürte, aber nicht sah. Druckveränderungen. Wärmeflüsse. Gerüche, die nicht nach etwas rochen, sondern etwas waren. Metallisches Zittern. Schwefel. Eine Ahnung von Blut.
In einer Kammer, die sie sich gegraben hatte – groß genug, um sich zu ducken, nicht genug, um zu liegen – fand sie eine Bewegung. Kein Tier. Kein Insekt. Die Wand selbst zuckte.

Sie hielt die Hand dagegen. Warm. Pulsierend. Nicht gefährlich. Nicht freundlich. Wie ein Herz ohne Gesicht.
"Ich bin noch da", sagte sie leise. Und der Puls antwortete: *Ich auch.*

Sie träumte jetzt wach. Tagsüber. Nachts. Wenn sie raste. Wenn sie grub. Sie sah Gestalten, schemenhaft, aus Schlamm und Erz geformt, mit Augen wie Glühwürmer. Sie sagten nichts, aber sie waren dort. Beobachteten sie. Oder begleiteten sie. Manchmal war sie sich nicht sicher, ob sie nicht selbst längst eine von ihnen war.
Einmal fand sie etwas, das aussah wie ein Zahnrad. Groß, verrostet, halb im Stein. Sie berührte es nicht. Sie wusste: Es war kein Zahnrad. Nur ein Versuch der Erde, ihr etwas zu zeigen.

Ihr Hunger war ein stiller Begleiter geworden. Kein Schmerz. Keine Not. Nur ein ständiges Pochen, das sie daran erinnerte, dass sie noch nicht verschwunden war.
Sie aß, was sie fand. Wurzelhaut, faulige Pilze, Tiere, die aussahen wie vergessene Finger. Manchmal zählte sie ihre Rippen. Nur um sicherzugehen, dass sie noch da waren. Dass sie zählte.
Sie sprach nun mit sich selbst. Oder mit dem Gestein. Oder mit etwas, das in ihr sprach und durch den Boden antwortete. Ihre Stimme war tief geworden. Nicht älter – aber langsamer. Als hätte die Schwerkraft auch in ihr Besitz ergriffen.

Der Himmel kehrte eines Nachts zurück. Nicht als Licht. Nicht als Rettung. Als Traum.
Sie sah sich selbst am Rand des Lochs stehen, die Schaufel in der Hand, das Haar im Wind. Sie war sauber. Klein. Voll Erwartung. Hinter ihr das Haus. Ihre Mutter. Die Welt.
Dann wachte sie auf. Und das Bild zerfiel wie feuchte Erde in der Sonne.
Sie weinte. Leise. Nicht lange. Nur um sicherzugehen, dass noch etwas in ihr war, das zerbrechen konnte.

Sie konnte nicht mehr zurück. Das wusste sie. Es war kein Wille. Kein Trotz. Keine Verirrung. Der Rückweg war zugewachsen. Nicht mit Erde. Mit Zeit. Mit Entscheidung. Mit Wahrheit.
Die Erde hatte sie aufgenommen. Und sie war bereit, sie zu durchqueren.

Sie begann, Zeichen zu hinterlassen. Nicht für andere. Für sich. Einkerbungen in Wänden. Linien. Spiralen. Ein Muster, das nur sie verstand. Vielleicht nicht einmal das.
Einmal schrieb sie mit einem spitzen Stein: *Wenn ich grabe, lebe ich.*
Darunter: *Ich bin tiefer als mein Name.*
Sie hatte vergessen, wie sie hieß.

In einer Tiefe, die sich nicht messen ließ, fand sie Stille. Nicht das Flackern, das sie kannte. Nicht das atmende Schweigen. Sondern eine Leere. Absolut. Keine Vibration. Kein Echo. Nur Existenz ohne Antwort.

Dort blieb sie drei Tage. Oder Wochen. Sie wusste es nicht. Und dann sagte sie leise: "Ich bin bereit."
Die Erde öffnete sich.
Und sie grub weiter.

Kapitel 4 – Die Schicht der Gedanken

Es war kein Geräusch, das sie weckte, sondern ein Gedanke. Einer, der nicht von ihr kam. Er war nicht laut, nicht deutlich, aber spürbar wie ein feuchter Atem im Nacken. Ein Gedanke, der sie berührte, bevor sie wieder ganz bei Bewusstsein war.
Sie öffnete die Augen. Und alles war rot. Nicht das Rot von Blut. Auch nicht von Feuer. Eher das tiefe, warme Glühen von etwas, das schon lange unter der Oberfläche schlummerte. Etwas, das nicht gesehen werden wollte. Und doch war es jetzt da.
Die Erde hatte sich verändert. Sie war körniger geworden, trockener, aber zugleich brennend lebendig. Es knisterte in ihr. Zwischen ihren Fingern war der Boden nicht mehr kalt – er pulsierte. Als würde ein Gedächtnis durch ihn fließen, Schicht um Schicht, Gedanken aus Stein, aus Gestein, aus Dingen, die einst Worte gewesen waren.
Sie kroch eine Weile nur vorwärts. Nicht mehr grub sie. Sie tastete, schob sich durch den Tunnel, den sie selbst geschaffen hatte. Alles war eng. Feucht. Und doch – sie fühlte sich nicht eingeengt. Sie war aufgehoben. Vielleicht zum ersten Mal.

Die Wände begannen zu sprechen.

Nicht mit Stimmen, nicht mit Geräuschen. Mit Erinnerungen. Mit Vorstellungen. Mit Ideen, die nicht ihre eigenen waren. Namen, die sie nie gehört hatte, sprachen sich in ihrem Kopf aus. Sätze, die nicht zu ihr gehörten, klangen in ihrer Brust. Ein altes Kind, das in einem noch älteren Land lebte. Ein Mann, der eine Fahne trug und nicht wusste, warum. Eine Frau, die durch Steinmauern ging, auf der Suche nach jemandem, den sie nie finden würde.
Sie schüttelte den Kopf, aber es half nichts. Die Gedanken waren nicht aufzuhalten. Die Erde dachte. Und sie war mittendrin.

In einer Ausbuchtung fand sie eine Art Relief. Nicht geformt von Menschenhand – das wusste sie sofort. Es war durch Druck entstanden. Jahrhunderte vielleicht. Eine Hand, eingepresst in den Stein. Oder das, was einmal eine Hand gewesen sein könnte. Fünf Ausläufer, ein Zentrum. Sie legte ihre eigene hinein. Sie passte. Und etwas klickte in ihr. Kein Mechanismus. Kein Rätsel. Nur das Gefühl: *Ich bin angekommen.*
Aber sie blieb nicht.
Sie wollte weiter. Tiefer.

Sie hatte angefangen, mit den Gedanken zu sprechen. Nicht aus Wahnsinn. Nicht aus Einsamkeit. Aus Notwendigkeit.
„Was seid ihr?" fragte sie leise, während sie sich durch die nächste Schicht schob.
Eine Antwort kam nicht. Aber sie spürte Zustimmung. Ein Schub. Der Boden wurde leichter. Die Luft dichter.

Dann kamen Bilder. Keine Visionen – Fragmente. Ein zerschnittener Himmel. Häuser, die wie Knochen in Sand versanken. Stimmen, die riefen: *Genug! Genug!*
Sie verstand nicht alles. Aber sie wusste: Es waren nicht ihre Erinnerungen.
Die Erde war voll davon. Voll von Ideen, die nie ganz wurden. Von Gedanken, die niemand aussprach. Von Träumen, die zu schwer waren für die Oberfläche.
Sie fragte sich, ob das, was sie suchte, ein Gedanke war. Ein letzter, tiefer Gedanke, der ganz unten auf sie wartete.

Sie aß seltener. Trank seltener. Nicht, weil es nichts mehr gab – sondern weil sie vergaß, dass sie es brauchte. Ihr Körper war noch da, ja. Aber er war nicht mehr das Zentrum. Ihre Haut war Erde, ihre Hände waren Schaufeln, ihre Zunge schmeckte nach Stein.
Einmal biss sie auf etwas Hartes. Kein Knochen. Keine Wurzel. Etwas Kantiges. Ein Bruchstück von Glas, vielleicht. Oder eine alte Scherbe. Darin spiegelte sich ihr Gesicht.
Sie erschrak.
Nicht, weil sie sich nicht erkannte. Sondern weil sie lächelte. Breit. Wild. Ein Lächeln, das nicht in ihr war. Sondern auf sie gelegt.
Sie zerbrach die Scherbe. Steckte sie ein.

Später begann sie zu singen. Keine Lieder, die sie kannte. Keine Sprache, die jemand je gelehrt hatte. Töne, die aus dem Stein kamen. Sie wiederholte sie. Erst flüsternd, dann laut. Sie

wusste nicht, ob es schön war. Es fühlte sich richtig an.
Mit jedem Ton öffnete sich der Tunnel. Weiter. Breiter. Die Erde wich ihr aus. Oder sie wurde Teil von ihr.
Sie sah Farben, die sie nicht benennen konnte. Schwarz, das grün vibrierte. Violett, das sich bewegte. Gold, das wie Wasser tropfte.
Der Gedanke kam zurück: *Nur wer die eigene Erde durchforscht, kann das Ganze verstehen.*
Aber jetzt war da ein zweiter Gedanke, tief und warm: *Und wer zu lange gräbt, vergisst, was oben war.*
Sie hielt inne.
Aber nur kurz.
Dann grub sie weiter.

Kapitel 5 – Der brennende Hunger

Es begann mit der Luft. Oder besser: mit dem, was davon übrig war. Schwer, eisenhaltig, dick wie warmer Nebel. Jeder Atemzug wurde ein Geräusch, ein Kratzen, ein Ziehen tief in der Kehle. Sie hustete nicht. Sie atmete einfach weiter. Denn sie wusste, dass sie nichts anderes tun konnte.

Der Hunger war zurückgekehrt. Nicht der kleine, zärtliche Hunger nach Brot oder Obst. Es war ein anderer Hunger. Ein tiefer. Ein gieriger. Einer, der nicht nur den Magen betraf, sondern die Gedanken. Der zwischen den Rippen nagte und in die Knochen sang. Sie verspürte ihn in ihren Augen, in den Fingerspitzen, in jedem Ton ihrer Stimme.

Sie wusste, dass das bedeutete, dass sie weiterkam.

Die Schichten wurden wärmer. Nicht angenehm warm, sondern wachsend – wie Fieber. Die Erde war noch weich, aber nicht mehr kühl. Ihre Hände hinterließen Spuren, und manchmal dampfte der Boden, wenn sie ihn aufbrach. Manchmal glaubte sie, etwas zischen zu hören. Wie eine Warnung. Oder wie ein Zeichen.

Einmal verbrannte sie sich die Finger an einem glühenden Stein. Der Schmerz kam nicht sofort. Erst als sie den Geruch von Haut roch. Dann biss sie die Zähne zusammen, und weiter ging es.

Sie grub mit der anderen Hand.

Sie begegnete Tieren. Nicht wie oben. Keine Würmer. Keine Käfer. Etwas anderes. Dinge mit schimmernder Haut, mit zu vielen Beinen, mit leuchtenden Augen. Manche flüchteten. Manche blieben. Eines legte sich in ihren Schoß, und sie ließ es dort schlafen.
Sie aß es am nächsten Morgen.
Es war bitter. Aber nahrhaft.

Sie hatte kein Zeitgefühl mehr. Nur das Brennen. Es war da. Immer. Manchmal wie ein Mantel, manchmal wie ein Stich. Sie aß selten. Trank aus den Wänden, wo Tropfen in kleinen Taschen hingen. Sie sog sie ein wie das Letzte einer Frucht. Ihr Körper hatte sich verändert. Dünner. Härter. Manchmal pochte das Herz zu laut. Manchmal hörte sie es gar nicht.
Aber der Hunger war wach. Er war ihr Begleiter geworden. Ihr Freund.
Und manchmal ihr Feind.

Einmal fand sie eine Kammer voller leuchtender Pilze. Sie war wunderschön. Glühte in Blautönen, pulsierte wie ein lebender Raum. Sie legte sich in die Mitte, schloss die Augen. Träumte. Von Feuer. Von Licht. Von einer Stimme, die sagte: *Wenn du weiter willst, musst du alles zurücklassen.*
Sie nickte.
Dann wachte sie auf – und aß jeden einzelnen Pilz.

Sie träumte von Knochen, die in der Erde flüsterten. Geschichten, die niemand hören

wollte. Von Stimmen, die nicht redeten, sondern kauten, verdauten, zermalmten.
Sie wachte mit blutigen Lippen auf.
Und sie grub weiter.

Es wurde heißer.
Nicht die Hitze eines Sommertags. Nicht die eines Feuers. Sondern eine Hitze, die keine Richtung hatte. Die in ihr war. Um sie. Teil ihrer Knochen. Sie schwitzte nicht mehr. Ihre Haut war trocken, spröde, manchmal riss sie, wenn sie sich streckte.
Aber sie hörte nicht auf.
Sie sang wieder.
Die Töne waren anders. Tiefer. Als würde sie aus einem Vulkan sprechen. Manchmal bebte der Tunnel. Manchmal öffnete sich neuer Weg. Sie folgte allem. Dem Brummen. Dem Ziehen. Dem Hunger.
Sie folgte auch sich selbst.
Denn tief in ihr hatte der Hunger einen Zwilling geboren: das Versprechen.

Sie malte mit Knochenresten Linien in die Wände. Spiralen. Kreise. Pfeile. Sie wusste nicht, was sie bedeuteten, aber sie musste sie zeichnen.
Vielleicht wollte sie nicht vergessen, wer sie war. Oder woher sie kam. Oder wie viele Male sie gefallen war.
In einer besonders schmalen Spalte blieb sie fast stecken. Stundenlang. Vielleicht einen Tag. Vielleicht zwei. Sie musste sich aus ihrer eigenen Haut drehen, um weiterzukommen. Als sie sich befreite, atmete sie wie zum ersten Mal. Sie vergaß, ob sie je einen Himmel gesehen hatte.

Sie ruhte in einer Mulde aus grauem Stein. Ihre Muskeln zitterten, als wäre jeder Zug der Erde ein Schlag gegen ihre Rippen. Die Stille war eine Glocke. Und darin: ihr Herz, das langsam, aber stur weiterschlug. Sie träumte, dass sie selbst zu Stein wurde. Dass der Hunger ihr innerstes Feuer war, ein ewiger Ofen, der brannte, ohne je Holz zu brauchen.

Sie erwachte, weil etwas in ihr knackte. Vielleicht ein Knochen. Vielleicht ein Gedanke. Aber sie stand wieder auf, kratzte sich frei, schob sich vorwärts. Der Tunnel war enger geworden, oder sie war breiter geworden, geformt vom Druck.

Dann kam der Moment, in dem sie spürte, dass es nicht mehr lange ging. Nicht weil sie sterben wollte. Nicht weil sie nicht konnte.

Weil sie alles gegeben hatte.

Sie grub weiter. Die Hände nur noch Stummel, zitternd, blutig. Die Zunge trocken, die Gedanken flackernd. Alles war Licht. Rotes Licht. Wie eine Sonne, die unter der Erde lebte.

Sie fiel.

Nicht tief. Nur ein paar Meter. Aber es fühlte sich an wie ein Jahr. Der Boden unter ihr brach. Sie landete hart, keuchte, blutete.

Dann lachte sie.

Sie hatte eine neue Schicht erreicht.

Und dort lag sie. Aß einen Stein. Kaute. Schluckte.

„Ich bin bald da“, flüsterte sie.

Und der Hunger schwieg zum ersten Mal.

Aber es war nicht das Ende. Nicht für den Hunger. Nicht für sie.

Sie blieb liegen. Minutenlang. Vielleicht Stunden. Sie wusste es nicht. Die Zeit war ein verrostetes Werkzeug geworden, das sich nicht mehr bewegen ließ. In ihrem Mund schmeckte sie Eisen. In den Ohren rauschte es wie von tiefem Wasser.
Dann erinnerte sie sich. An eine Stimme. Nicht aus einem Traum. Eine echte. Von oben. Lang her. Einmal hatte jemand zu ihr gesagt: „Du bist ein Kind mit einem Abgrund im Herzen." Damals hatte sie gelacht. Jetzt verstand sie, dass es stimmte. Aber der Abgrund war kein Fehler. Er war ein Weg.
Sie richtete sich auf. Langsam. Ihre Knie zitterten, aber sie trugen sie. Noch. Ihre Augen hatten sich an das tiefe Rot gewöhnt, das von unten kam. Sie konnte die Wände wieder erkennen – glatt jetzt, fast glasig, wie geschmolzener Stein. Und darin: Schatten. Formen. Als hätte die Erde ihr Innerstes nach außen gekehrt. Als wäre sie nicht mehr allein.
Sie begann zu sprechen. Nicht zu singen, nicht zu murmeln. Worte. Sätze. Dinge wie:
„Ich will wissen, wie tief es geht."
„Ich habe nichts mehr außer dem Willen."
„Wenn ich mich selbst verliere, finde ich vielleicht das, was darunter liegt."
Die Wände antworteten nicht. Aber sie fühlte sich gehört.

Dann grub sie weiter. Mit bloßen Armen, mit Schultern, mit den Zähnen, wenn nötig. Sie nagte an einer Wurzel, die aus dem Boden ragte,

schmeckte Bitterkeit, Rinde, vielleicht Gift. Sie spuckte nichts aus. Sie nahm alles an.
In einem Moment der Schwäche lehnte sie sich zurück, rutschte mit dem Rücken gegen die Wand, und eine alte Erinnerung kam: Ein Schulhof. Ein Stück Brot. Ein Kind, das sie ansah wie einen Fremdkörper. Ein Moment, in dem sie dachte: Ich bin nicht wie die anderen.
Sie wusste jetzt: Sie war nie für oben gemacht gewesen. Ihr Weg war dieser hier gewesen, von Anfang an.
Vielleicht grub sie, weil sie auf die Welt gekommen war mit einem Stachel in der Seele.
Vielleicht war das Loch ihr Zuhause.
Vielleicht war das ihr Leben – in Schichten, in Dunkelheit, im stillen Brennen.

Sie fand ein Becken. Rund, glatt, voll mit trüber Flüssigkeit. Es roch nicht schlecht. Es roch nach alten Geschichten. Sie trank. Nicht viel. Nur genug, um ihre Zunge wieder weich zu machen.
Sie sah ihr Spiegelbild in der Brühe: Ein Tier. Ein Mensch. Ein Mädchen. Eine Figur ohne Namen.
Und sie sprach zu sich:
„Ich bin tiefer als mein Gedanke."
Sie lachte. Zum ersten Mal seit einer Ewigkeit. Ein Lachen ohne Klang. Nur ein Zucken in den Schultern. Dann tauchte sie die Hand in die Flüssigkeit und wusch sich das Gesicht.
Es half nichts.
Aber sie fühlte sich neu.

Der Hunger war zurückgekehrt. Nicht, weil sie schwach war. Sondern weil sie überlebt hatte.

Er war nicht mehr Feind. Er war Naturgesetz. Ein Zustand. Wie Erdanziehung. Wie Druck. Wie Feuer. Sie nahm ihn an. Und dann grub sie weiter.

Kapitel 6 – Die Grenze

Es war nicht mehr still. Es war zu still.
Die Luft, die sie atmete, war dichter geworden. Nicht nur voller Hitze, sondern auch voller Erwartungen. Sie wusste nicht, woher dieses Gefühl kam. Es war, als würde sie beobachtet. Nicht von einem Wesen, sondern von dem Raum selbst. Von der Substanz der Erde. Als hätte sich etwas um sie gelegt, weich und warm, aber gespannt wie ein Bogen kurz vor dem Schuss.
Der Tunnel, den sie schuf, wurde schmaler. Oder sie wurde größer. Sie spürte das Wachstum nicht in Form von Kraft, sondern in Ausdehnung. Ihre Gedanken nahmen mehr Platz ein. Ihre Erinnerungen begannen, sich in den Wänden zu spiegeln.
Sie sah Gesichter. Nicht deutlich. Nur Konturen. Schemen. Schatten, die sich beim Vorbeikriechen verzogen wie Rauch. Einmal glaubte sie, das Gesicht ihrer Mutter zu sehen. Dann das eines Lehrers, den sie vergessen hatte. Dann ihr eigenes – so, wie sie es nie gesehen hatte: ohne Angst, ohne Kindheit, ohne Zukunft. Nur jetzt.
Sie sprach nicht mehr. Worte waren zu schwer. Selbst die Gedanken wurden einfacher. Grundsätzlich. Hunger. Richtung. Wärme. Dunkelheit. Tiefer.

Irgendwann erreichte sie einen Punkt, an dem nichts mehr nachgab. Der Boden war hart wie Glas. Nicht glatt, sondern grobkörnig, aber unbeweglich. Sie schlug mit der Faust dagegen. Nichts. Nicht einmal ein Echo.
Sie kratzte. Schrubbte. Schabte mit Nägeln, mit Zähnen. Blut rann. Erde trank.
Doch der Boden blieb.
Es war eine Grenze. Eine, die nicht kündigte, was sie trennte. War dahinter das Ziel? Der Kern? Oder das Nichts?
Sie setzte sich. Lehnte sich an die kalte Wand und lauschte. Nichts.
Aber in sich hörte sie ein Rufen.
Nicht nach ihr. Von ihr.
Ein Ruf, der lautlos war und ewig dauerte. Kein Wort, kein Laut. Ein Gedanke, der zu schwer war, um getragen zu werden. Also ließ sie ihn fallen – in sich selbst hinein.

Sie blieb lange dort sitzen. Ihre Finger tasteten den Boden ab, suchten nach einem Riss, einem Spalt, einer Möglichkeit. Aber alles blieb unnachgiebig. Die Grenze war nicht aus Stein. Sie war aus Bedeutung.
In einem plötzlichen Impuls legte sie sich flach auf die Erde, die Stirn gegen die Kälte gedrückt. Ihre Lippen murmelten alte Laute – keine Sprache, sondern Fragmente, wie sie Kinder aus sich heraus erfinden, wenn niemand zuhört. Ein Mantra, das nur für diesen Ort bestimmt war.
Plötzlich: ein Bild in ihr. Keine Erinnerung. Eine Vision. Sie sah sich selbst von außen, von oben, aus großer Höhe, ein kleines Wesen, das sich

durch die Tiefen wühlte wie eine Gedankenlinie durch ein fremdes Gehirn. Und sie verstand: Sie war nicht allein. Die Erde träumte mit ihr. Vielleicht war sie selbst ein Traum.

Sie schlief ein. Vielleicht eine Stunde. Vielleicht einen Tag. Als sie erwachte, war der Druck stärker geworden. Die Wand flimmerte. Nicht sichtbar – aber spürbar. Wie ein pochender Nerv.
Sie stand auf. Zitternd, aber aufrecht. Legte beide Hände gegen die Wand. Dann die Stirn. Und flüsterte:
„Ich habe alles gegeben. Lass mich weiter."
Nichts geschah.
Dann: eine Wärme. Eine Antwort. Keine Bewegung, aber ein Nachgeben. Als würde sich etwas erinnern, dass es weich sein kann.
Sie begann zu kratzen. Wieder. Aber diesmal: Es bröckelte.
Mit blutigen Händen zog sie Stück für Stück heraus, bis eine kleine Öffnung entstand.
Dahinter: Nichts. Oder alles. Eine Tiefe, die nicht von dieser Welt war.

Sie kauerte sich davor. Spürte, wie der Luftzug aus dem Riss anders war. Kälter. Aber auch lebendiger. Ein Flüstern lag darin. Kein Wind, kein Ton. Nur das Echo ihres eigenen Atems, gespiegelt in einer Tiefe, die keine Form kannte.
Sie erinnerte sich an ihren ersten Spatenstich. An die rote Schaufel. An das Licht. An die Stimme der Großmutter, die sagte: „Hör auf zu graben, Kind."
Aber sie hatte nicht aufgehört.

Sie würde nicht aufhören.
Sie kroch in den Spalt.
Er war enger, als sie erwartet hatte. Aber er nahm sie auf. Nicht feindlich. Nicht freundlich. Nur wie etwas, das wusste, dass sie kommen würde.
Als der letzte Teil ihres Körpers durch war, verschloss sich der Durchgang hinter ihr. Lautlos.
Sie war durch.

Kapitel 7 – Der Raum ohne Namen

Sie war hindurch.
Der Spalt hatte sie aufgenommen wie ein schlafender Mund, der sich um einen Gedanken schloss, bevor er ausgesprochen wurde. Kein Licht. Kein Ton. Und dennoch war da etwas. Eine andere Konsistenz. Die Erde war verschwunden, zumindest in der Form, wie sie sie kannte. Keine Wände, kein Boden, keine Richtung. Nur ein Dazwischen.
Sie schwebte nicht. Aber sie wurde auch nicht mehr getragen. Der Raum unter ihr war weich wie Nebel, doch trug er ihr Gewicht wie Wasser. Die Luft war dicker, fast trinkbar, gesättigt mit Erinnerung. Es war, als wäre sie in das Gedächtnis der Welt gefallen. Nicht in ihre Geschichte, sondern in ihren Traum.
Sie ging. Oder besser: Sie bewegte sich. Schritt für Schritt, ohne dass Füße etwas berührten. Jeder Atemzug war ein Riss in der Wirklichkeit. Und hinter diesem Riss: Stimmen.
Nicht laut. Nie laut. Aber klar. Und alle sagten nur eines: „Bleib."

Sie blieb nicht.
Der Raum wuchs mit ihr, wurde weiter, je länger sie sich vorwärts tastete. Bald erkannte sie Formen. Schatten. Silhouetten von Dingen, die sie nie gesehen hatte, die aber in ihr wohnten wie alte Lieder. Ein Tier mit zu vielen Gliedmaßen. Ein Rad aus Sand. Eine Blume, die sich im Kreis öffnete und dabei seufzte.
Dann: eine Tür.

Nein – kein echtes Türblatt, kein Griff, kein Rahmen. Nur ein Gefühl. Eine Schranke. Ein Zögern in ihr, das plötzlich aus der Wand wuchs wie ein Gedanke, den man nie denken wollte.
Sie berührte ihn.
Ein Bild brach los. Ihre Kindheit, wie ein überbelichteter Film. Ihre Mutter, auf einem Feld, die Schaufel in der Hand. Der Vater nicht da. Ein leerer Teller. Ein geflüstertes Versprechen: „Wenn du tief genug gehst, findest du das Richtige."
Sie schob sich durch die Schranke.

Dahinter: Nichts.
Ein Nichts, das formbar war. Und sofort begann, sie zu formen. Der Raum wurde zu einem Zimmer. Ein runder Raum, aus einer einzigen Masse gegossen, ohne Ecke, ohne Richtung, aber mit Bedeutung. In der Mitte: ein Haufen Erde.
Sie fiel davor auf die Knie.
Nicht aus Müdigkeit. Aus Ehrfurcht.
Der Haufen war lebendig. Atmete. Bewegte sich.
Und sie wusste: Hier war es.
Nicht der Kern. Nicht die Antwort. Aber das Zentrum dessen, was sie geworden war.
Sie grub ihre Finger in den Erdhügel. Der Boden war weich. Warm. Pulsierend. Wie Fleisch. Oder wie eine Umarmung, die man nie bekommen hatte.
Etwas in ihr wollte schreien.
Etwas anderes wollte bleiben.
Sie sprach:
„Ich bin durch alle Schichten gegangen. Ich habe mich verloren. Ich bin bereit."

Keine Antwort. Aber sie fühlte, wie der Raum in sich zitterte. Ein leises, inneres Erdbeben, das nicht zerstörte, sondern erinnerte.
Sie fiel auf den Bauch. Presste die Stirn in die Erde. Und dann begann sie zu weinen. Still. Lang. Wie ein Tier, das sich selbst wiederfindet, nachdem es sich nie gekannt hat.

Später schlief sie ein. Traumlos. Tief. Geborgen in der Mitte eines Ortes, der keinen Namen hatte.
Als sie erwachte, war der Haufen verschwunden. Der Raum still. Nichts hatte sich verändert – und doch alles. Sie stand auf. Fester als zuvor. Als wäre in ihr etwas gefestigt worden, das vorher zu weich war.
An der Wand: eine Linie. Gezogen mit feuchter Erde. Sie folgte ihr. Schritt für Schritt. Und mit jedem Schritt wusste sie: Sie ging nicht zurück. Sie ging weiter. Dort, wo noch nie jemand gewesen war.
Die Linie führte sie in einen engeren Gang, der sich wie ein Spiralbohrer um sie legte. Wände, die zu atmen schienen. Der Gang war nicht gegraben worden – er war gewachsen. Aus Gedanken. Aus Entschlossenheit. Vielleicht aus ihr selbst.
Dort schien alles, was war, aufgehoben zu sein. Zeit verlor ihre Richtung. Vergangenheit und Zukunft drängten sich wie zwei Tiere um dieselbe Wasserstelle. Erinnerungen kamen, die nicht ihre waren – ein Kind, das unter Wasser lachte. Ein alter Mann, der seine Zunge in Asche tauchte. Ein Gesicht, das sich bei Berührung in Staub verwandelte.

Sie begann, mit geschlossenen Augen zu gehen.
Es war nicht nötig zu sehen. Der Raum führte sie.
Er war kein Gefängnis. Er war ein Dialog.
In einem ovalen Raum – dem letzten vielleicht – stand ein Tisch. Nur ein Tisch. Aus Lehm. Darauf: ein einziger Gegenstand. Ein Tropfen. Fest geworden. Wie gefrorene Zeit. Sie nahm ihn in die Hand. Spürte, wie er pochte.
Er war das Herz des Weges.
Er sagte nichts. Aber er schlug.
Einmal. Zweimal. Immer.
Sie legte ihn in ihren Mund.
Und ging weiter.

Kapitel 8 – Das Herz der Tiefe

Der Gang hinter dem Tropfen verengte sich nicht. Er wurde weiter. Doch nicht in der Art, wie ein Tunnel sich weitet, wenn man ihn größer baut, sondern wie ein Gedanke, der sich ausbreitet. Es war keine Höhle. Es war kein Gang. Es war eine Weitung in ihr. Der Raum spiegelte sie. Ihre Ausdehnung, ihre Stille, ihre Bereitschaft. Die Tiefe war nicht mehr unter ihr. Sie war in ihr.

Sie ging, langsam, nicht aus Erschöpfung, sondern aus Respekt. Jeder Schritt wurde leiser, als würde selbst der Druck der Füße die Gedanken dieses Ortes stören. Überall war nichts – aber es war ein gefülltes Nichts. Wie die Pause zwischen zwei Tönen. Wie der Moment, bevor ein Wort gesagt wird.

In der Ferne – oder vielleicht ganz nah – schwebte etwas. Keine Gestalt. Keine Struktur. Nur ein Puls. Ein Herz. Nicht ihr eigenes, aber im selben Takt. Es war, als wäre sie in ein Wesen getreten, das die Erde unter ihr, über ihr, um sie gewesen war. Ein Lebewesen, das keinen Namen hatte, weil niemand je tief genug vorgedrungen war, um es zu benennen.

Sie kniete sich nieder.

Nicht, weil sie musste. Sondern weil es sich gehörte.

„Ich bin gekommen“, sagte sie. Die Worte wurden nicht laut. Sie wurden still. Doch sie spürte, dass sie angekommen waren.

Dann hob sie die Hände.

Sie erwartete nichts – keine Offenbarung, kein Leuchten, keine Antwort. Doch der Raum antwortete mit einer Geste, die sie nicht verstand, aber fühlte: Die Luft wurde dichter, dann wieder leichter, dann veränderte sie sich.
Ihre Finger begannen zu brennen. Kein Schmerz. Ein Erwachen. Als hätte sich alles, was sie je berührt hatte, in diesen Händen gespeichert, und nun war die Zeit gekommen, sie zu erinnern.
Sie streckte die Arme aus, und aus dem Nichts formte sich etwas: ein Leuchten, in Schichten, wie aus gefaltetem Licht. Eine Kugel. Eine Membran. Darin: Bewegungen. Schatten. Geschichten. Sie konnte sie nicht sehen. Aber sie konnte sie hören.
Und sie verstand:
Es war alles da.
Alles, was war. Was sein würde. Was nie geschah, aber gedacht worden war.
Sie schrie nicht. Sie weinte nicht. Sie war einfach da, Teil dieser Verdichtung.

Die Zeit stand still. Nicht im Sinne von Anhalten, sondern im Sinne von Aufhören. Zeit war keine Linie mehr. Zeit war ein Ring, eine Spirale, ein schwebendes Jetzt.
Und darin lag sie. Als wäre sie selbst zu einer Ader des Planeten geworden. Ihre Haut wurde dünn. Durchsichtig. Sie sah, wie ihre Knochen leuchteten, wie ihre Adern glühten.
Ein Riss ging durch ihr Denken. Keine Zerstörung. Eine Öffnung.
Sie sah sich selbst, vor Jahren. Auf dem Feld, wo sie zum ersten Mal in den Boden gestoßen hatte. Die kleine rote Schaufel. Die Tränen. Das

Versprechen. All das, was ein Mensch zurücklässt, wenn er sich dem Boden anvertraut.
Aber sie sah auch andere. Hunderte. Tausende. Kinder, Frauen, Männer. Alte. Tiere. Pflanzen. Gedanken. Jeder einzelne, der jemals grub. Jeder, der versuchte zu verstehen, was darunter liegt.

Und dann hörte sie eine Stimme.
Nicht von außen. Nicht von innen. Von irgendwo dazwischen.
„Du bist nicht allein."
Sie lächelte. Ganz leicht. Dann sprach sie:
„Ich weiß."
Ein weiteres Licht stieg auf. Es war dunkelblau, schwer, aber nicht traurig. Es war, als würde ein Geheimnis nicht enthüllt, sondern anerkannt.
„Was soll ich tun?" fragte sie.
Die Antwort kam nicht als Satz. Sondern als Form. Eine Spirale, die sich um sie legte. Sanft, ohne Druck. Dann: ein Ziehen.
Nicht schmerzhaft. Eher wie ein Strom.
Sie wurde angehoben. Nicht körperlich – aber ihr Sein veränderte seine Richtung. Sie war nicht mehr unten. Nicht mehr auf dem Weg nach unten. Sie war im Zentrum. Und das Zentrum hatte keine Richtung.
Sie drehte sich.
Nicht wie ein Körper sich dreht, sondern wie ein Gedanke umkehrt. Und sie wusste: Wenn sie zurückginge, wäre nichts mehr, wie es war.
Aber das war nicht die Frage.
Die Frage war:

„Wird jemand verstehen, was ich gesehen habe?“
Das Herz der Tiefe pochte weiter.
Einmal.
Zweimal.
Immer.
Und das war Antwort genug.

Kapitel 9 – Die letzte Frage

Der Weg zurück war keiner. Kein Aufstieg. Kein Umweg. Kein Kreis. Es war, als würde sie sich selbst neu falten. Wie ein Papier, das nie beschrieben war, aber trotzdem voller Worte ist. Alles, was hinter ihr lag, war noch in ihr – aber es formte sich anders.

Sie war nicht dieselbe. Nicht mehr das Kind mit der roten Schaufel. Nicht mehr das Wesen aus Hunger, aus Staub, aus Hoffnung. Etwas hatte sich verlagert. In ihr. Um sie. Vielleicht war sie selbst jetzt eine Schicht geworden – eine Schicht, die andere vielleicht eines Tages durchqueren würden.

Sie ging durch Räume, die keine Räume waren. Zwischenräume. Verwerfungen.

Erinnerungsadern. Einmal lief sie durch einen Tunnel aus rotem Lehm, in dessen Wänden Gesichter saßen. Sie blickten nicht zu ihr. Sie blickten nach innen. Ihre eigenen Gedanken. Ihre alten Fehler. Ihre Verhärtungen.

Dann durchquerte sie einen Spalt, in dem nichts existierte. Kein Ton. Kein Licht. Kein Gefühl. Nur ein einziges: Zweifel.

Der Zweifel war groß. Wie ein Schatten ohne Lichtquelle. Und er sprach in ihrer Stimme:

„Warum?"

Sie antwortete nicht.

Weil es keine Antwort gab.

Weil das Warum die Wurzel aller Bewegung war.

Sie erinnerte sich an die Zeit, als sie noch dachte, man müsste alles wissen, alles verstehen, alles erklären. Aber tief unten, im Herz der Tiefe, hatte

sie etwas anderes gelernt: Dass das Verstehen nicht das Ziel war. Sondern das Wahrnehmen. Das Dasein. Das Schweigen im Angesicht von etwas Größerem.
Und doch – die Frage blieb.
Wozu?
Sie kauerte sich nieder. Wieder. Zum wievielten Mal wusste sie nicht. Und sie sprach leise:
„Was, wenn ich mich geirrt habe?"
Der Boden unter ihr vibrierte. Nicht wie eine Antwort. Eher wie ein Mitgefühl.
Dann hörte sie etwas. Eine Stimme? Nein. Eher ein Satz, der nirgendwo geschrieben war. Nur gespürt. Er formte sich in ihr, als hätte er dort gewartet:
„Ideen, die sich nicht wandeln dürfen, verbrennen ihre Träger."
Sie erstarrte.
Ein Gedanke, so alt wie Feuer.
Ein Gedanke, so wahr wie Schmerz.

Sie ging weiter. Der Gang wurde wärmer. Nicht durch Hitze. Durch Nähe. Nähe zum Letzten. Dem Punkt, an dem alles beginnt oder endet – manchmal beides.
Sie erinnerte sich an all die Schichten, durch die sie gegangen war. Wie jede Schicht etwas abgeworfen hatte. Etwas aus ihr gelöst. Etwas zugefügt. Jetzt war nicht mehr viel da. Kein Name. Keine Richtung. Kein Warum. Nur ein Jetzt.
Dann kam sie an eine Wand.
Die Wand war glatt. Weiß. Keine Erde. Kein Gestein. Keine Materie. Nur Fläche. Wie das letzte Blatt eines Buches.

Und in dieser Fläche: ein Spiegel.
Darin: sie selbst.
Aber nicht, wie sie war. Wie sie hätte sein können. Wie sie gewesen war. Wie sie noch werden würde. Alles auf einmal. Ein einziges Bild.
Sie trat näher. Legte die Hand an die Fläche. Der Spiegel vibrierte. Wurde weich. Und sie wusste: Dies war der Punkt, an dem Menschen umkehren.
Oder vergehen.
Oder weitergehen, ohne je zurückzublicken.
Sie flüsterte:
„Ich bin bereit."
Und die Fläche öffnete sich.

Kapitel 10 – Der Glutkern

Sie trat hindurch.
Die Fläche war nicht nur eine Grenze. Sie war eine Häutung. Als sie sie durchschritt, ließ sie nicht nur ihre letzte Frage zurück, sondern auch alles, was diese Frage möglich gemacht hatte. Die Worte, die Gedanken, das Bedürfnis, zu verstehen.
Sie fiel nicht. Sie stieg nicht. Sie war einfach – in etwas. Ein Raum ohne Richtung, ohne Echo, ohne Begrenzung. Und darin: Hitze.
Nicht die Hitze der Welt. Keine Flamme, kein Feuer, kein Vulkan. Sondern eine Hitze, die durch Gedanken strömte, durch Knochen, durch Erinnerung. Die Wärme von allem, was je geglaubt wurde.
Sie bewegte sich langsam. Ihre Füße berührten nichts. Ihr Körper war noch da – aber er war

durchscheinend geworden. Was sie hielt, war nicht mehr ihr Fleisch. Es war Wille.
Vor ihr – oder unter ihr, oder in ihr – war etwas, das brannte. Glühte. Schwebte. Wie ein Herz. Wie ein Stein. Wie ein Kern. Der Glutkern.
Er pochte nicht. Er sang. In einem Ton, der nicht gehört werden konnte. Nur gespürt. Wie ein Strom, der durch die Jahrmillionen floss. Und sie wusste: Das war es. Der Ursprung. Oder das Ende. Oder beides.
Sie fiel auf die Knie. Sie brannte nicht. Aber sie fühlte, wie alles in ihr zu Asche wurde, was nicht wahr war. Jeder Zweifel, der nur aus Angst geboren war. Jede Hoffnung, die nicht getragen hatte. Jede Idee, die zu eng gewesen war. Alles wurde warm. Hell. Leer.
Der Glutkern sprach nicht. Aber er zeigte sich. In Bildern, die nicht erklärten, sondern erinnerten. Ein Kind, das still grub. Eine Mutter, die niemals verstanden hatte. Eine rote Schaufel. Ein Sonnenstrahl. Ein Regenwurm auf der Handfläche.
Ein Mädchen, das sagte: „Wenn ich grabe, lebe ich."
Ein letzter Gedanke formte sich. Nicht als Zweifel. Als Gnade:
„Du kannst nicht alles behalten."
Dann begann sie, sich zu lösen.
Nicht in Schmerz. In Licht. In Wärme. In etwas, das nicht mehr wollte, sondern war.
Und in genau diesem Moment, bevor sie verging, bevor sie in den Glutkern überging, war da ein letzter Funke.

Ein Bild. Ein Satz. Eine Geschichte, die später erzählt werden würde:
„Und manche Gedanken verbrennen dort, wo kein Zweifel mehr ist.“
Dann war sie fort.
Und der Glutkern schlug weiter.
Einmal.
Zweimal.
Immer.

Danksagung

Heidi Reichinnek danke ich nicht, weil ich ihre Haltung teile, sondern weil sie mich zum Nachdenken gebracht hat. Ihre konsequente Art und ihre kompromisslosen Positionen waren der Reibungspunkt, an dem sich meine Idee entzündete. Manchmal ist es nicht Zustimmung, sondern Widerstand, der den Impuls gibt, eine Geschichte zu erzählen.
– Paul Julius Elitoreck